martine
en voyage

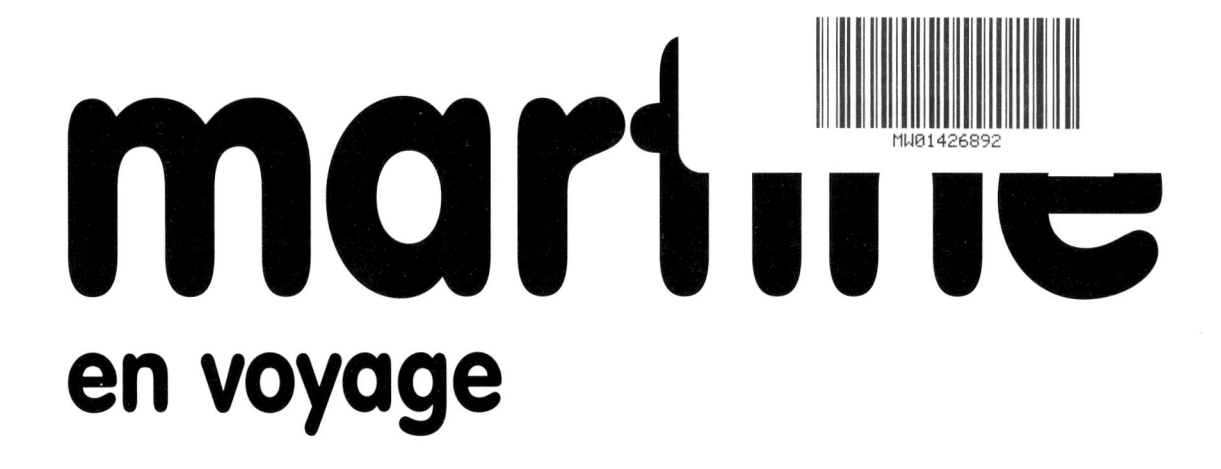

8 récits illustrés par marcel marlier

Martine en avion
Martine en bateau
Martine en voyage
Jean-Lou et Sophie découvrent la mer
Jean-Lou et Sophie en Bretagne
Jean-Lou et Sophie et Cœur de paille
Jean-Lou et Sophie dans l'île de lumière
Martine dans la forêt

casterman

http://www.casterman.com

ISBN 2-203-10715-4

© Casterman 2004

Droits de traduction et de reproduction réservés pour tous pays. Toute reproduction, même partielle, de cet ouvrage est interdite. Une copie ou reproduction par quelque procédé que ce soit, photographie, microfilm, bande magnétique, disque ou autre, constitue une contrefaçon passible des peines prévues par la loi du 11 mars 1957 sur la protection des droits d'auteur.

martine
en avion

GILBERT DELAHAYE - MARCEL MARLIER

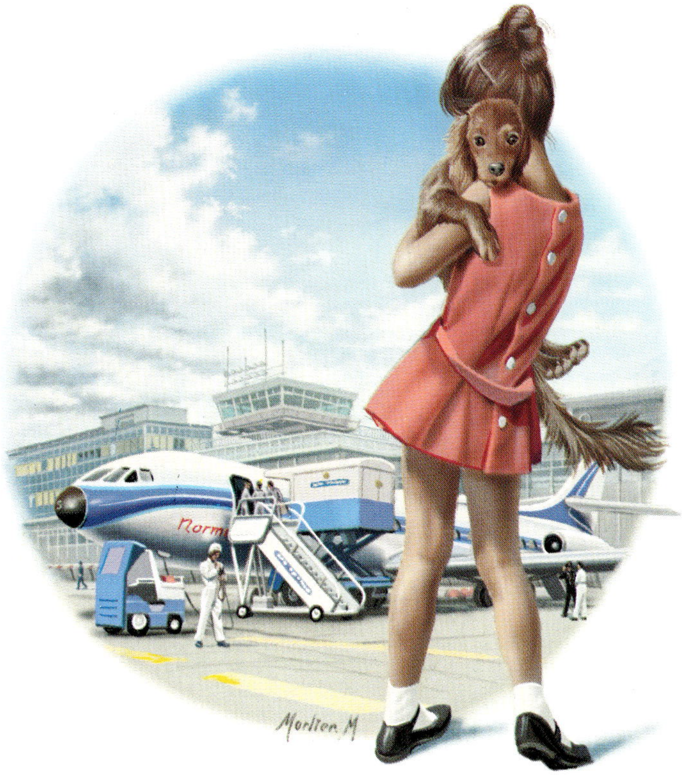
Morten M

Cet été, Martine et sa maman vont passer leurs vacances à l'étranger.

Les voici à l'agence de voyages. Sur les murs, il y a des affiches touristiques avec des avions, des bateaux et de jolis paysages.

— Tu vois, dit Martine à Patapouf, ceci, c'est la Méditerranée. Voilà l'Espagne et l'Italie. Rome est là sur la carte.

— Que désirez-vous? demande l'employée.

— Nous voudrions aller en Italie.

— Eh bien, prenez l'avion. C'est tellement agréable! En quelques heures vous serez arrivées.

— C'est une excellente idée!

Comme il reste encore quelques places dans le prochain avion, la maman de Martine s'est décidée tout de suite. Les billets pour le voyage sont retenus. Les chambres à l'hôtel sont louées.

Au jour fixé, papa conduit Martine et sa maman à l'aérogare. Patapouf les accompagne.

Un tapis roulant emporte la valise de Martine. Les haut-parleurs annoncent les départs pour toutes les grandes villes du monde.

Quelle heure est-il? Il reste encore vingt minutes pour aller faire un tour sur la terrasse.

De là, on aperçoit la Caravelle qui va emporter Martine. Elle fait 800 km à l'heure, mesure 32 mètres de long, vole à 10.000 mètres de hauteur et pèse 48 tonnes avec son chargement et ses 75 passagers.

Les valises s'empilent dans la soute aux bagages. On achève le plein de carburant. On met en place la passerelle qui conduit à la cabine.

L'avion est prêt pour le départ. Il est temps de se rendre sur la piste.

— J'espère que tu feras un bon voyage, dit l'hôtesse de l'air en souriant à Martine.

— Est-ce que je peux emmener Patapouf? demande Martine à son papa.

— Oh non, il doit rester à la maison avec moi. Nous irons bientôt vous rejoindre.

— Oui, venez sans tarder, dit maman.

On s'embrasse. On se dit au revoir.

C'est le moment de monter à bord. Martine s'apprête à gravir la passerelle avec sa maman.

Une porte s'ouvre sous la queue de l'appareil. C'est par là qu'on pénètre dans l'avion.

— Au revoir, fait Martine en levant la main.

Elle n'a pas vu que Patapouf l'a suivie sur la piste. Il se cache derrière les bagages. Il agite la queue comme pour dire : « Vous allez voir, j'ai une bonne idée. »

Les voyageurs ont pris place dans l'avion. Le pilote s'installe aux commandes. Dans la tour de contrôle, on donne les dernières instructions. C'est le départ. Les mécaniciens s'éloignent sur la piste. Les moteurs rugissent.

L'avion roule sur le tarmac. Il prend de la vitesse.

Le voici qui décolle. Ainsi commence le voyage de Martine.

La ville est loin en arrière maintenant.

L'avion vole en plein ciel. Ses moteurs remplissent l'espace de leur tonnerre. Ses ailes luisent au soleil. Les radars le guident. Pour préparer son itinéraire, on a consulté la météo. Il se joue de l'averse, du brouillard, de la tempête.

Tout en bas, la terre déroule son tapis de forêts, de moissons, de prairies. A travers les hublots, on distingue à peine les fleuves, les routes, les villages. Tout paraît minuscule, vu de si haut. Les villes sont comme des fourmilières et les maisons comme de petits cailloux cachés dans la verdure.

A bord, tout va bien.

Le pilote manœuvre le gouvernail et maintient l'appareil sur la bonne route. Il surveille les aiguilles, les compteurs, les manomètres. Rien ne lui échappe.

Le copilote observe le ciel et les nuages, qui sont comme de hautes montagnes.

Le radio écoute les consignes que lui envoient les aérodromes. Il donne les dernières nouvelles du voyage.

Le mécanicien veille à la bonne marche des appareils.

C'est une chance d'avoir un tel équipage...

... et Martine poursuit son voyage comme dans un rêve. Elle s'est installée dans son fauteuil. Sous l'accoudoir, il y a un bouton pour déplacer le dossier quand on a envie de se reposer et un autre pour appeler le steward :

— Puis-je avoir une orangeade, s'il vous plaît?

Cet avion est vraiment confortable On y peut rêver, lire, écouter la musique.

On s'y amuse presque aussi bien qu'à la maison avec les jeux de cubes, les albums, les images.

Et puis, l'hôtesse de l'air est si gentille! Les enfants qui voyagent en avion l'aiment beaucoup. Pour faire passer le temps, elle présente les nouveaux compagnons de voyage :

— Voici Martine.

— Moi, je m'appelle Thérèse.

— Et moi, Jean-Luc, dit un petit garçon. J'ai sept ans et je viens de Londres.

C'est l'heure du dîner.

Le repas est prêt. La table n'est pas très grande, mais il n'y manque rien... Tiens, on a posé un petit bouquet à la place de Martine. Qui a pensé à le mettre là? Le pilote? Il a trop à faire. Le radio? Il est justement occupé avec ses écouteurs.

Oui, vous l'avez deviné. C'est l'hôtesse de l'air.

Pendant ce temps, il se passe quelque chose d'anormal dans la soute aux bagages.

Voici. Au moment du départ, comme tout le monde était occupé à embarquer, le pilote, le radio, le mécanicien, le steward, l'hôtesse de l'air et les voyageurs, vite Patapouf en a profité pour se faufiler parmi les bagages.

Quand l'avion a décollé, il n'osait pas bouger. A présent, quel remue-ménage. Il s'amuse à dénouer les sangles. Il fait la culbute parmi les valises.

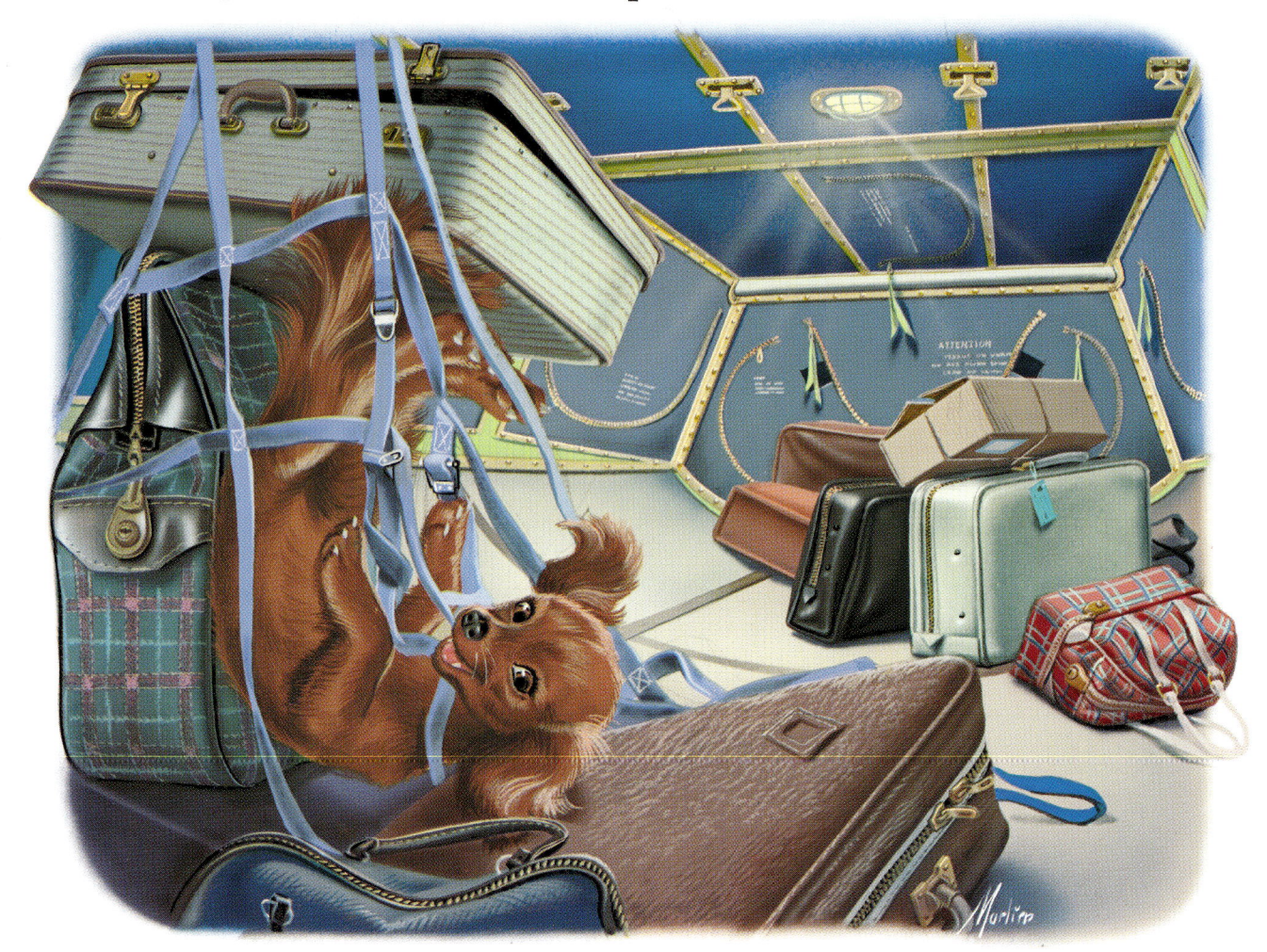

Mais on voyage vite en avion. Après la plaine, la montagne, la mer, l'Italie et ses villas toutes blanches. Passent les villages, les lacs bleus, les cyprès et les palmiers. L'avion descend doucement. On est presque arrivé.

— Attachez vos ceintures. Nous allons atterrir, dit l'hôtesse de l'air.

Et voici Rome. L'avion descend de plus en plus bas. On dirait qu'il va faucher les clochers et les cheminées d'usines avec ses grandes ailes. Dans les rues, les gens lèvent la tête.

— Regarde, dit un petit garçon, il a sorti son train d'atterrissage... Est-ce que tu as déjà été en avion?

— Non, mais quand je serai grand, je me ferai pilote et j'irai jusqu'au bout du monde.

L'avion vient de se poser sur la piste. Martine débarque avec sa maman. Quelle surprise! Voilà Patapouf qui sort de la soute aux bagages. C'est une joie de se retrouver! Vite Martine prend son petit chien dans ses bras.

— Je vous souhaite un bon séjour à Rome, dit l'hôtesse de l'air.

— Je vous remercie, répond la maman de Martine. Nous avons fait un excellent voyage. Nous sommes heureuses d'être en Italie. C'est un pays merveilleux.

martine
en bateau

GILBERT DELAHAYE - MARCEL MARLIER

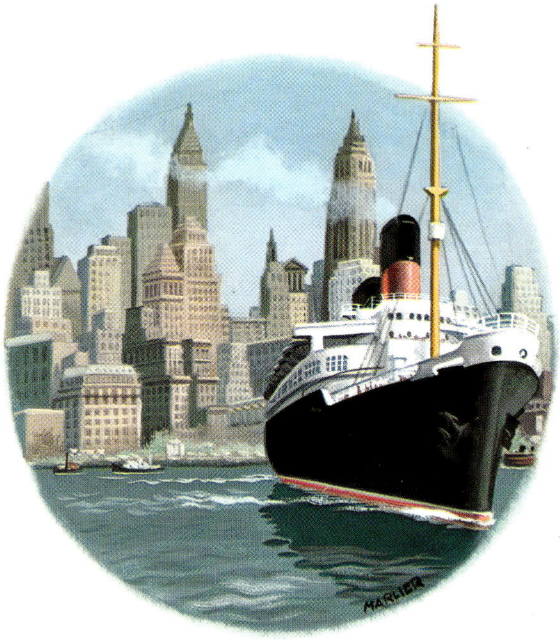
MARLIER

Martine part aujourd'hui pour New York. Miss Daisy, son professeur d'anglais, l'accompagne.

Les amis d'Amérique ont écrit dans leur lettre d'invitation : « Surtout, Martine, n'oublie pas ton petit chien Patapouf. On l'aime bien. Il est si gentil ! Ce serait dommage de le laisser à la maison ! »

Donc Martine et Miss Daisy s'embarquent avec Patapouf sur le paquebot.

Dans la cabine, Miss Daisy range les bagages. Martine fait la connaissance de ses nouveaux amis.

— Je m'appelle Annie, dit une petite fille.

— Moi, Martine, et mon petit chien, Patapouf.

— Est-il sage ?

— Ça dépend, pas toujours... Regardez, je suis dans la cabine à côté de la vôtre. Par le hublot, nous verrons la mer. Nous serons bien pour dormir. Il y a deux couchettes... et un panier pour Patapouf.

Le bateau de Martine s'appelle *La Martinique*. On vient de le remettre à neuf. Il sent bon le goudron et la peinture fraîche. Ses fanions claquent dans le vent. Sa cheminée fume.

C'est l'heure du départ. Tous les passagers sont sur le pont. Ils font signe de la main. Pour Martine et ses amis, c'est un beau voyage qui commence.

Le navire est déjà loin sur la mer. Il disparaît à l'horizon. On n'aperçoit plus que son panache de fumée qui monte vers le ciel.

Les mouettes planent au-dessus des vagues. Le vent souffle à peine. On dirait que l'océan respire doucement, doucement, comme une grosse bête endormie. C'est le soir. Là-bas, de petits nuages roses se promènent sur la mer. Pour aller se coucher, ils attendent que les étoiles se lèvent. Le soleil s'enfonce dans les flots. Il est rouge comme un ballon.

Neuf heures du matin. Martine et ses amis sont déjà sur le pont. Il y a tant de choses à voir sur un navire... Mais voici le capitaine :

— Bonjour, mes enfants !

Il a l'air sérieux, le capitaine. C'est lui qui commande l'équipage.

Il ne faudrait pas que Patapouf fasse des bêtises, par exemple.

Justement, le voilà qui s'enfuit des cuisines. Il est allé fureter dans les paniers de poisson. Quelle aventure ! Un homard est resté suspendu par les pinces au bout de son museau.

Le cuisinier accourt, tout rouge encore du feu de ses fourneaux étincelants.

— Patapouf !... Patapouf !... crie Martine.

Patapouf traverse le pont à toute vitesse. Les passagers se retournent. Pauvre Patapouf, le voilà bien puni de sa curiosité !

Miss Daisy ne s'est pas mise en colère. Elle est allée se reposer dans sa cabine. Elle ne supporte pas le vent ni le soleil.

— Profitons-en pour aller visiter la salle des machines avec le chef mécanicien.

— Cette échelle est raide... Prenez garde de glisser, mademoiselle Martine !

Cela n'est pas facile de descendre par ici !

Il ne manque rien sur ce paquebot : voici la piscine de natation. Quel plaisir de plonger et de jouer au ballon dans l'eau!

Martine est une excellente nageuse.

Mais attention : les chiens ne sont pas autorisés à se baigner avec les enfants !

Midi. Miss Daisy emmène Martine au restaurant.
— Voici le menu, dit le maître d'hôtel :

Potage du jour.

Homard en Belle-Vue.

Poulet du chef.

Fromage. Dessert surprise. Café.

Quatorze heures. Il fait de plus en plus chaud. On n'entend plus que le bruit des hélices et le cri des mouettes.

Sur le pont, des passagers font la sieste. D'autres lisent des romans. Ceux qui n'ont rien à faire regardent passer les nuages.

Martine rêve dans sa chaise longue : elle se croit déjà en Amérique, dans les rues de New York ou bien dans les plaines du Far-West.

Annie, la petite amie de Martine, est venue la chercher pour jouer au volant :

— Voici les raquettes. C'est à toi de commencer.

Le volant saute à droite, saute à gauche.

— Moi aussi, je vais l'attraper, dit Patapouf.

Il bondit en l'air...

Une grosse vague secoue le navire.

Boum... Patapouf a manqué son élan. Il retombe sur le pont inférieur, dans les bras de Monsieur Dupont. Monsieur Dupont s'était endormi en lisant un roman policier. Il roule de grands yeux et frise sa moustache :
— Je vais me plaindre au capitaine !
— Excusez-le, Monsieur Dupont.
— Patapouf ne l'a pas fait exprès, dit Martine.
— Non, je ne l'ai pas fait exprès, semble ajouter Patapouf en agitant la queue.

Mais voilà que le temps se gâte.

Des nuages noirs courent dans le ciel. Le vent souffle en rafales. La pluie tombe et le navire commence à rouler sur les flots.

On replie les chaises longues. Martine a mis son imperméable et son chapeau de toile cirée. Les vagues éclaboussent le pont. Le tonnerre se met à gronder tout à coup. Vite, il faut s'abriter !

C'est la tempête. Plus personne sur le pont. Les messieurs sont au bar. Ils jouent aux cartes ou aux échecs. Les dames font la causette au salon et les enfants lisent leurs livres d'images. Miss Daisy a mal à la tête.

Martine et Patapouf ne s'ennuient pas du tout. Les voici à la fenêtre de leur cabine. A travers le hublot, ils regardent la pluie tomber et les flots bondir sur la mer comme un troupeau de moutons.

Le beau temps est revenu. La tempête s'éloigne à l'horizon. La mer se calme. De tous côtés, l'océan s'étend à perte de vue.

Soudain, tout près du navire, quatre poissons, quatre dauphins sautent par-dessus les vagues. On dirait qu'ils s'amusent à faire la course. Ce sont les amis des marins.

Une semaine plus tard.

Le navire fend les vagues à toute allure. On approche des côtes américaines.

Miss Daisy prépare les valises dans la cabine. Sur le pont, Martine a retrouvé sa petite amie. Le capitaine lui a prêté ses jumelles. Annie demande :

— Que vois-tu là-bas, Martine ?

— Je vois des remorqueurs. Il y en a trois l'un derrière l'autre. Ils viennent à notre rencontre... Et puis, plus loin, je vois le port de New York.

New York. On vient d'amarrer le paquebot. Voici les grues géantes, les cargos ventrus, les gratte-ciel aux mille fenêtres. Le beau voyage en mer est terminé. Miss Daisy, Martine et Patapouf débarquent. Le cœur de Martine bat très vite. Sa petite amie est venue lui serrer la main :

— Au revoir, Martine, et bon voyage en Amérique!

martine
en voyage

GILBERT DELAHAYE - MARCEL MARLIER

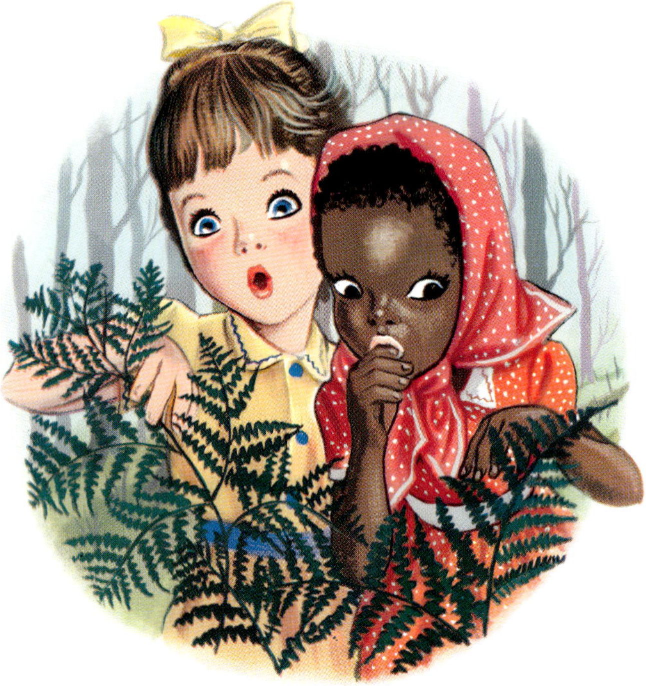

Martine ne sait ni lire, ni écrire, ni compter, mais elle joue à la balançoire et court après les papillons avec son amie Annie.

Annie est une poupée extraordinaire : elle parle, elle danse, elle marche sans tomber. Grande comme Martine, elle est encore plus étourdie : elle ne sait même pas son nom, qui pourtant n'est pas très difficile à retenir.

Chaque jour Maman leur apprend à lire, à faire des additions, à écrire *papa*, *maman*, *poupée*, *ballon*. C'est si simple ! Mais Martine et Annie préfèrent jouer derrière la maison.

— A quoi cela sert-il de savoir son alphabet par cœur ? demande Martine.

Et Maman soupire :

— Vous ne saurez jamais lire, ni écrire votre nom sur une ardoise.

Ce matin Maman est allée chercher des crayons de couleur à la librairie.

— Si nous allions nous promener, propose Martine.
— Tu as raison, nous allons faire un grand voyage.
Et elles préparent leur valise.

Lorsqu'elles quittent le jardin, tous leurs amis sont réunis devant la grille : l'ours en peluche, Jeannot le lapin mécanique et le soldat de bois.

Pour voyager Martine a mis sa plus jolie robe. On voit danser son ombrelle au-dessus de son chapeau de paille garni de cerises. Annie porte la valise. Elle est ravissante avec son foulard qu'elle a noué sur la tête.

— Où allons-nous? demande Annie.
— En Afrique.
— Est-ce loin l'Afrique?
— Oh oui, répond Martine. Très loin. Il faut prendre le train et le bateau.

Et elles se mettent à marcher à grandes enjambées, comme fait Maman quand elle est très pressée. Elles arrivent bientôt à la gare.

— Comment t'appelles-tu? demande le chef de gare.
— Je ne sais pas, répond Annie en rougissant.
— Comme c'est drôle! fait le chef de gare.

Ensuite il regarde sa montre et souffle dans le sifflet qui pend à sa boutonnière. Martine et Annie ont tout juste le temps de monter dans le train.

Comme c'est amusant de rouler à travers la campagne ! Dans les prés, les vaches ont des boutons d'or et des marguerites jusqu'au cou. La bergère envoie des baisers à Martine et à Annie. Jamais personne n'a fait un tel voyage.

Tout à coup le train s'arrête au milieu d'un village. On descend sur le quai.

— Nous allons suivre cette route, décide Martine.
Elle prend la main d'Annie.

La route est longue. Il fait très chaud. Au bout de la route il y a un pont, sous le pont un fleuve, au bord du fleuve un arbre rempli d'oiseaux.

— C'est là qu'il faut prendre le bateau ?

— Je crois que oui. Nous allons l'attendre ici. Tiens, il y a un écriteau.

— Qu'est-ce qui est écrit ? demande Annie.

— Je ne sais pas, fait Martine en mettant son doigt sur sa lèvre.

Donc Annie et Martine s'assoient au bord de l'eau. Elles attendent toute la journée et toute la nuit le bateau qui doit les emmener en Afrique. Le lendemain, comme il n'est pas encore arrivé, elles le cherchent partout.

Vient à passer un petit boulanger.

— Petit boulanger ! appelle Martine.

Le boulanger s'arrête, son panier de brioches sous le bras.

— Nous voudrions savoir où se trouve le bateau.

— C'est écrit là, sur le poteau : *Le bateau se trouve de l'autre côté du pont,* répond le boulanger.

Décidément, ce qui est écrit sur les écriteaux est très important. Martine regrette beaucoup de ne pas savoir lire. Elle remercie le boulanger. Vite elle entraîne Annie vers le pont.

— Courons, courons, sinon le bateau sera parti. Entends-tu la cloche ?

En effet, lorsqu'elles arrivent de l'autre côté du pont, il est trop tard. Le bateau vient de quitter la berge. Il est au milieu du fleuve et une épaisse fumée noire sort de sa cheminée.

— Le bateau est parti !

— Il ne faut pas pleurer, dit Martine. Nous allons retourner à la maison.

Sitôt dit, sitôt fait : on se remet en marche. Martine et Annie sont vite fatiguées. Justement, près du ruisseau, un banc les attend :

— Tiens, voici un grand carton sur le banc. Regarde ce qui est écrit dessus.

— Aucune importance, puisqu'on ne sait pas lire.

— Reposons-nous, fait Martine en jetant le carton dans l'herbe.

Et l'on s'assied sur le banc. Hélas! le fermier vient de le peindre en vert. C'est pourquoi il a écrit sur le carton : *Prenez garde à la peinture!* Et voilà que la robe de Martine est toute tachée. Que va dire maman tout à l'heure? Bien sûr, si Martine avait su lire, elle aurait fait bien attention

Après avoir nettoyé sa robe sur le bord du ruisseau, elle dit :

— Traversons le village.

A l'entrée du bourg, un fermier conduit une charrette chargée de blé.

— Le chemin de la maison, c'est par ici, Monsieur ? lui demande Martine.

— Oui, mes enfants, c'est par ici. Il faut prendre la **huitième** route à droite.

La route joue à saute-mouton sur la colline. Puis elle rencontre une autre route, une troisième et une quatrième. Il y en a tant qu'on ne sait plus les compter. Martine et Annie se trompent de chemin et elles se perdent dans la forêt : ce qui n'arrive jamais lorsqu'on a bien appris à compter.

La forêt est habitée par les lapins, les oiseaux et les écureuils.

— Venez jouer avec nous, demande un lapin.

— Nous cueillerons des mûres, ajoute un merle.

— Nous voulons rentrer chez nous, interrompt Martine, qui se fâche.

— Où est la maison? insiste Annie.

A ces mots, toute la forêt se met à rire.

— Il n'y a pas de maison ici, explique maman-lapin. Ici c'est la forêt, ce sont les arbres, la clairière et les petits sentiers qui n'en finissent pas.

Comme elle a bon cœur, elle ajoute :

— Je vais vous reconduire auprès de votre maman.

Elle prend sa lanterne et des allumettes. Martine et Annie la suivent, portant l'ombrelle et la valise. Bientôt vient la nuit. On allume la lanterne qui se balance le long du chemin et les papillons de nuit se mettent à danser dans la lumière.

C'est ainsi qu'on arrive bien fatiguées à la maison. On remercie maman-lapin de tout cœur. Tout le monde est content. Maman, Jeannot, l'ours et le soldat de bois se mettent à danser autour de Martine et d'Annie.

Celles-ci ont soin de ne pas raconter leurs mésaventures. Mais le lendemain matin, elles apprennent par cœur leur alphabet. Martine fait ses additions sans faute. Annie promet de ne plus oublier son nom.

Plus tard, beaucoup plus tard, elles feront toutes deux un second voyage. Elles s'amuseront à compter les arbres et elles auront beaucoup de plaisir à lire les écriteaux qu'elles rencontreront en chemin.

jean-lou et sophie
découvrent la mer

MARCEL MARLIER

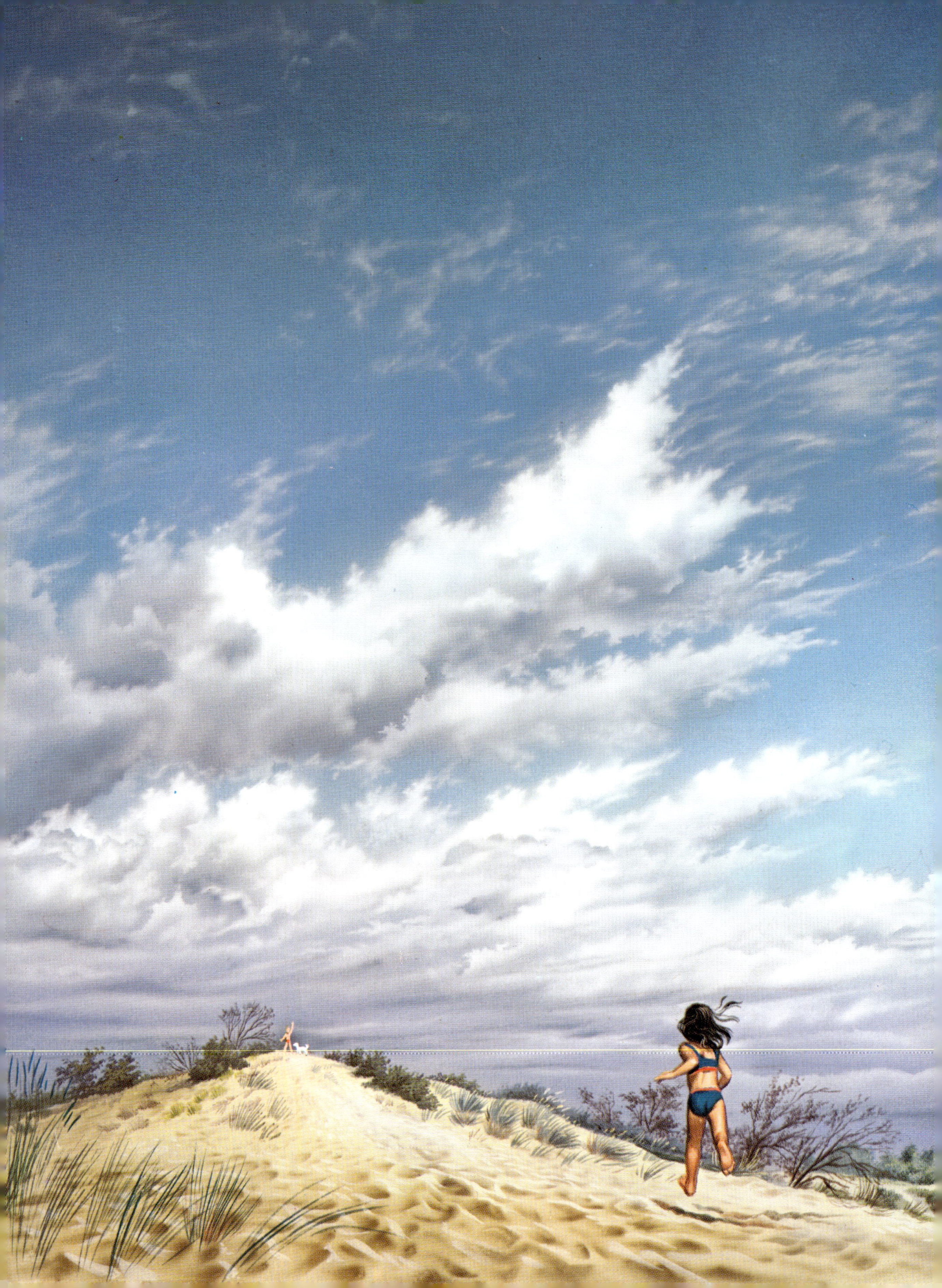

Le petit est grimpé tout en haut
de la colline de sable fin.
Il regarde autour de lui,
respire profondément...
– Comme on voit loin, loin !
Et comme la mer est grande :
elle va jusqu'au bout du monde...
– Attends-moi, crie Sophie.
J'arrive !

Que c'est bon de courir
nu-pieds sur le sable
chaud.
— L'eau doit être bonne !
dit Jean-Lou. Allons-y !
Alors Sophie trempe
un peu le bout du pied,
un tout petit bout,
pour voir.

Quand on n'est qu'un petit garçon, on a beau être brave, dès qu'une grosse vague frangée d'écume, toute pleine de bruits, roule vers vous : on s'enfuit...

C'est la marée basse,
on ramasse des coquillages.
Sophie en oublie les vagues.

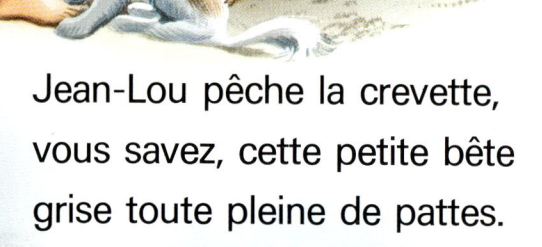

Jean-Lou pêche la crevette,
vous savez, cette petite bête
grise toute pleine de pattes.

– Prends garde, Sophie !
Dans l'épuisette, deux vilains crabes
se bousculent.

Comme une petite main
mécanique, l'étoile de mer essaie de regagner le bord de l'eau.

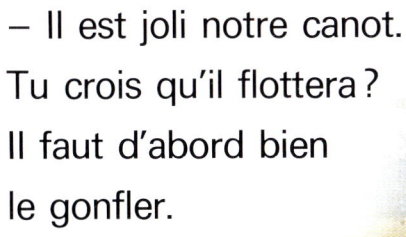

— Il est joli notre canot.
Tu crois qu'il flottera ?
Il faut d'abord bien
le gonfler.
pft... pft... pft... pft...
Que c'est long !

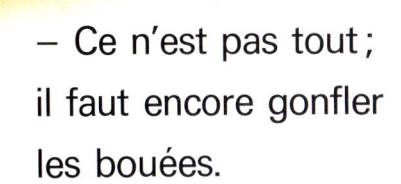

— Ce n'est pas tout ;
il faut encore gonfler
les bouées.
Une deux, une deux,
une deux.
Voici un canot bien
pressé...
Pressé de retrouver...
sa mer, sans doute !

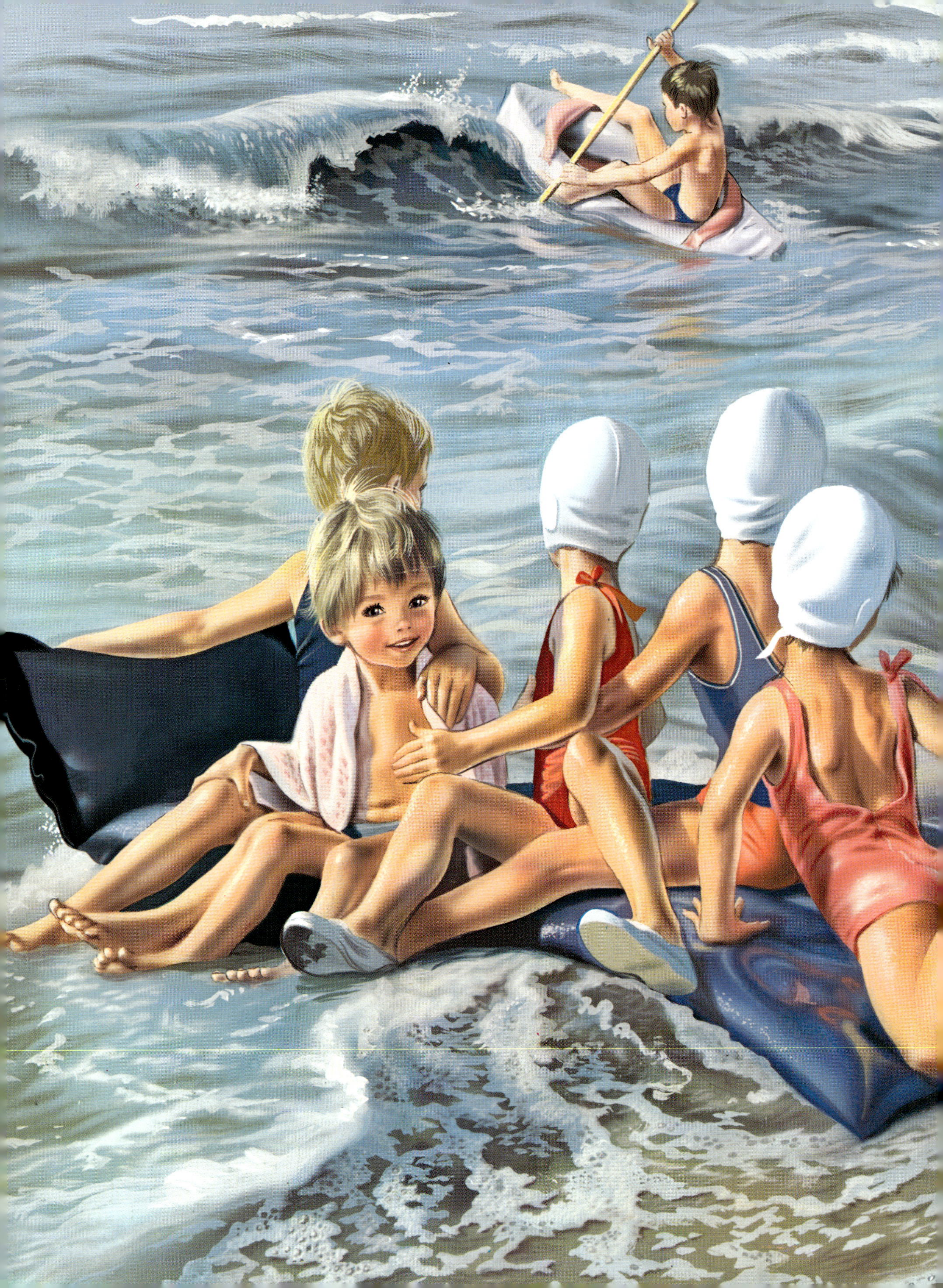

Quand on n'a pas le pied marin, se hisser
sur un canot sans cesse ballotté,
c'est bien difficile.
On s'accroche, on s'agrippe, on passe
par-dessus bord. Sauve-qui-peut !
Un homme à la mer !

— Trois... deux... un... zéro !
Le grand oiseau blanc s'élève,
penche à droite,
penche à gauche, tournoie.
— Attention ! il pique !
Mais Jean-Lou, en courant,
tire par saccades.
Alors le cerf-volant se
redresse, monte, monte
vers le ciel.
Jean-Lou déroule la
corde, toute la corde ;
il la sent vibrer dans
ses petites mains.

Sophie doit l'aider. Pour un peu ils s'envoleraient tous les deux. Là-bas, très haut, loin au-dessus des nuages, il y a un minuscule point blanc, immobile.
Aimez-vous jouer au ballon, à saute-mouton ? Jean-Lou, lui, préfère s'élancer du haut de la grande dune. Il adore ce moment où tout va vite, vite, et où le cœur s'arrête un instant...

Cadichon est fatigué. Pensez-donc : toute la journée il promène des enfants sur son dos. Mais voici venue l'heure du concours de châteaux de sable. Cadichon peut enfin se reposer. Écoutez ce que Sophie lui chante à l'oreille :

> Un petit âne
> de rien du tout
> toujours si sage
> toujours si doux
> a bien le droit
> de prendre une heure
> de congé
> lorsqu'il est fatigué.

Il est trois heures.
Attention ! Tout le monde est prêt ?
Un... deux... trois... Partez !
Voyez le branle-bas.
Râteaux, pelles et seaux s'agitent
en une mêlée fébrile.
Construire un château de sable
n'est pas une mince affaire.
L'équipe Petit chien, Jean-Lou et
Sophie se démène tant qu'elle peut.

Il fait chaud.
Le travail avance.
Le gros œuvre est
presque achevé.

Déjà on devine le mur
d'enceinte flanqué de
hautes tours. Jean-Lou
creuse un souterrain
obscur et profond.

Sophie, le cœur battant,
s'apprête à coiffer délicatement
le grand donjon.

Catastrophe !
Tout s'écroule.
Quelle tristesse pour Jean-Lou !
De son beau château,
il ne reste
que quelques ruines...

– Allons, tout n'est pas perdu.
Il reste plus d'une heure.
Courage ! Recommencez en
mouillant votre sable.
Jean-Lou se remet
au travail. Sophie
court chercher de l'eau,
un seau, deux seaux, dix seaux...

Ouf ! c'est terminé.
Voici que se dresse la silhouette moyenâgeuse du château.
Et quel château !

— Je suis fatigué, dit Jean-Lou.
— Je n'en puis plus, dit Sophie.
— Tu penses que nous gagnerons un prix ?

Jean-Lou ne répond plus. Il s'est endormi. Il rêve.
Il se trouve transporté dans le plus beau jardin
du monde. Un jardin peuplé d'étranges créatures.
Poissons-chats, poissons-clowns, poissons-perroquets.
Il participe à un ballet de roses de mer,
marche sur un tapis d'étoiles,
joue avec de minuscules crabes rouges.
Et tout à coup, il découvre
des coquillages comme il n'en avait jamais vu :
noirs, spiralés, striés ; jaunes en forme
de chapeaux chinois ; blancs nacrés comme
des perles précieuses...

...ou roses comme les petits ongles
de Sophie.

Le jury a délibéré, on recherche les vainqueurs.
Quand on les trouve endormis c'est un rire général.
– Chut, ne les éveillez pas !
– Laissons-les rêver...

A leur réveil, Jean-Lou et Sophie trouveront... devinez quoi ?
Un magnifique coffret débordant de coquillages
merveilleux, et aussi un diplôme sur lequel il est écrit :

> *Premier prix du concours
> de châteaux de sable,
> offert par la municipalité
> et décerné à l'unanimité
> à M. deux enfants endormis*

Le ciel bas et lourd devient noir. La mer, toute blanche. Vite,
on plie bagage. Tout le monde déserte la plage. Tout le monde,
sauf... deux enfants. Qu'importe la pluie, ils ont tant de soleil
au cœur ! Sophie serre contre elle le précieux cadeau.

jean-lou et sophie

en bretagne

MARCEL MARLIER

C'est dans la brume que Jean-Lou et Sophie découvrent Fougères, une des portes de la Bretagne.

Le château, entouré d'eau et construit au pied des collines, les enchante. Les puissantes murailles qui portent le chemin de ronde sont flanquées de treize tours, toutes différentes.

— Montons dans la plus haute, dit Sophie.

— La tour de la fée Mélusine, répond Jean-Lou.

— On se croirait au Moyen Âge, dit Sophie en déambulant dans les rues étroites des vieux quartiers de Vitré.

— Ces maisons à encorbellements, c'est bien pratique pour s'abriter quand il pleut!

Connaissez-vous
le Mont-Saint-Michel ?
Un îlot rocheux,
solitaire au
milieu des sables.
Au sommet, les
moines ont construit
une abbaye.
Sur les pentes
s'étagent les toits
du village.

Jean-Lou et Sophie visitent la « Merveille » : c'est le nom qu'on donne à l'abbaye gothique.
L'étrange lumière du cloître les attire. Elle vient du reflet des cent trente-sept colonnettes de granit rose qui entourent le jardin.

Les enfants se promènent à Dinan. Ils sont séduits par les porches et les pignons de la ville ancienne.

Mais quel est donc ce vacarme?

Ce vacarme ?...
Voilà le coupable :
c'est le petit chien.
— Ici, ici, reviens !...
Désobéissant !
crie Jean-Lou.
— Ne le gronde pas
trop, implore Sophie.
Essaie de le com-
prendre. Tu sais, les
vieilles demeures, les
vieilles villes, c'est
joli ! Mais pour un chien,
même s'il est bien élevé,
cela peut devenir lassant.
Et si un chat se présente dans le décor... comment résister au
plaisir de se dégourdir les pattes ?
» Moi aussi j'aimerais m'amuser un peu, avoue Sophie... Allons à
la plage !
— Pourquoi pas à la plage de Ploumanac'h ? répond Jean-Lou.
On m'a dit qu'il y a là de drôles de rochers.

— En effet, ils sont étranges, dit Sophie en arrivant à Ploumanac'h, et leur couleur rose est surprenante.

— Regarde, voici sans doute le rocher qu'on appelle « le Bélier ». Et voici « le Fauteuil » et « le Parapluie ».

— Celui-ci ressemble à un tas de crêpes... Je reconnais aussi « la Tortue ».

— Devine un peu sur quoi tu es assise...

— Je ne sais pas, je donne ma langue au chat.

— Sur « la Tête de mort » !

— Brr..., dit Sophie en se levant précipitamment. Tu aurais pu me le dire plus tôt...

Mais où donc est passé le chien ?

— Il est là, tout contre le rocher. Le pauvre, il est terrorisé. N'aie pas peur, l'eau ça mouille mais ça ne fait pas mal !

Ce petit garçon qui joue maladroitement du bignou, c'est Jean-Lou... Cette petite fille rougissante sous sa coiffe de dentelle, c'est Sophie.

Les aviez-vous reconnus?

Mais où sont-ils? Au carnaval? À la foire?

Pas du tout, c'est très sérieux. Ils vont participer au grand pardon du Folgoët.

C'est un grand événement que le pardon, les pèlerins viennent de partout, par les chemins et par les routes.

Ils ont revêtu leurs beaux costumes de fêtes. Les coiffes les plus amusantes, en forme de mitre, sont celles des Bigoudens.

Devant un des plus beaux clochers de Bretagne se déroule maintenant la procession.

En tête, les bannières. Toutes de velours, de soie brochée, avec des franges et des glands d'or.

Voici les joueurs de binious, de bombardes, et tous les musiciens.

Viennent ensuite les statues de la Vierge, de sainte Anne et des autres saints et saintes vénérés dans la région. Enfin, les lourdes châsses, les reliquaires.

Poli par le temps, rouillé par les lichens, le petit peuple de pierre des calvaires bretons impressionne Sophie.

— Écoute, dit-elle, je les entends chuchoter.

— Mais non, c'est impossible, c'est le vent et ton imagination, répond Jean-Lou... Tu vois, c'est comme une bande dessinée qui nous raconte la vie de Jésus.

— Ce doit être amusant pour les petits Bretons d'apprendre le catéchisme !

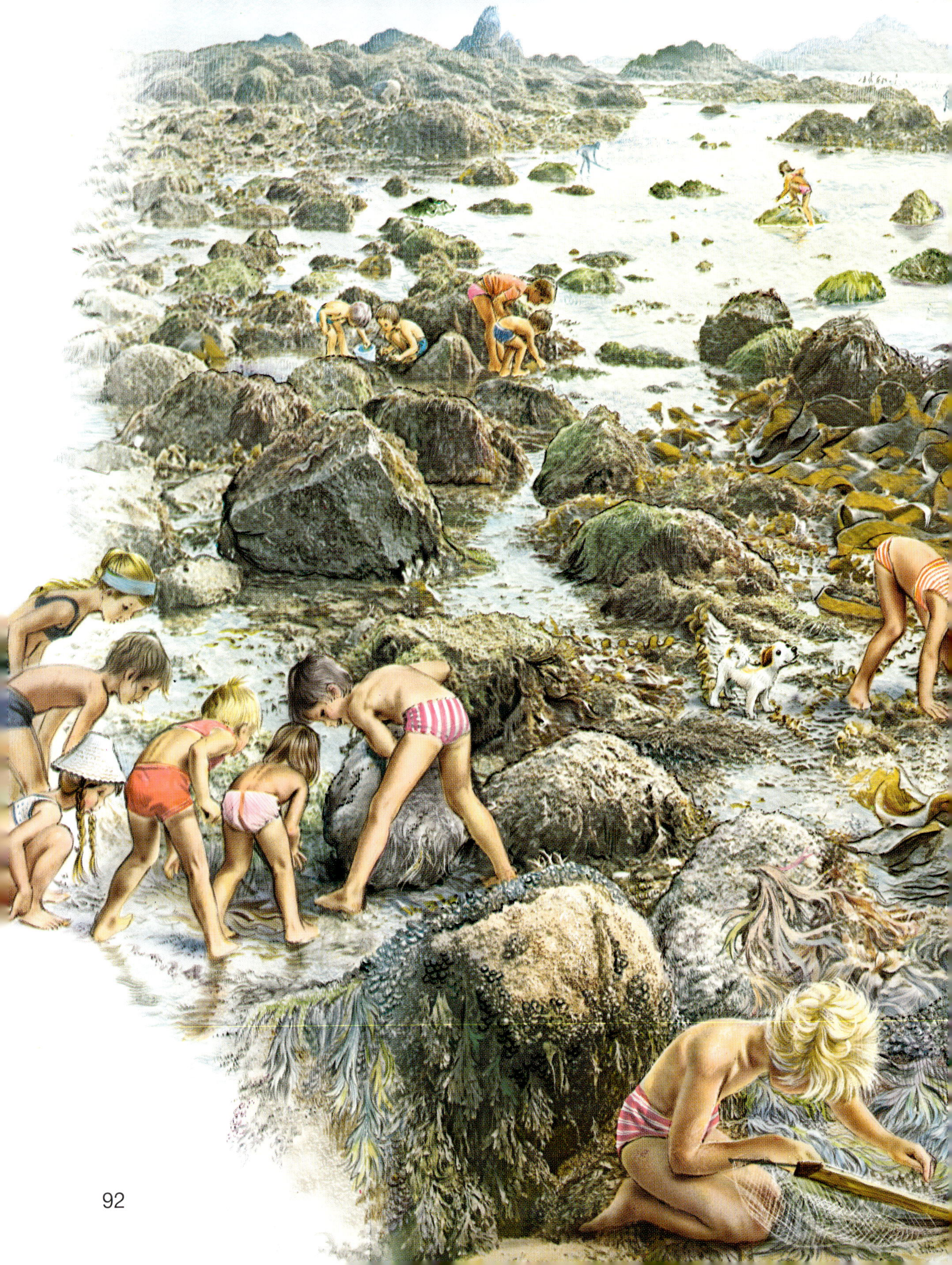

Les côtes de Bretagne sont couvertes d'algues. On ramasse ces goémons : ils servent d'engrais dans les champs, ou bien on en extrait l'iode et la soude.

En été les femmes les étalent sur les falaises pour les faire sécher. C'est alors une vraie fête pour les yeux. Il y a des algues de toutes les couleurs : vertes, rouges, dorées, brunes.

En automne, on les brûle en plein air, dans de longues fosses garnies de pierres plates.

Quand la mer se retire, les jours de grande marée, la plus petite flaque, le moindre creux de rocher renferme tout un monde : moules, étoiles de mer, méduses, crevettes. À l'abri de chaque pierre se cache un crabe : dormeur ou crabe-chèvre.

Jean-Lou et Sophie ne savent où donner de la tête. Il est costaud, mon maître, se dit fièrement le petit chien. Déplacer une pierre de cette taille, ce n'est pas rien !

Jean-Lou et Sophie parcourent un paysage sauvage et désolé. Ils sont encerclés de collines roussâtres, dénudées, parsemées çà et là de touffes de bruyère. Ce sont les monts d'Arrée.

— On se croirait en haute montagne, dit Sophie.

— Nous sommes pourtant bien en Bretagne, répond Jean-Lou. D'ici on sent l'air vif et frais qui vient de la mer. Cette crête en dents de scie, c'est le Roc'h Trévezel.

Voici, par-dessus les toits, les deux flèches finement dentelées et ajourées de la cathédrale de Quimper.
— La Bretagne est le pays de la dentelle, dit Sophie. Si nous achetions un napperon comme souvenir de ce beau voyage?

Dans le port du Croisic, de bon matin.

Jean-Lou et Sophie aident les marins à décharger la pêche. Protégés par un grand tablier de toile, ils s'affairent tous deux sur les planchers gluants. Il faut les voir se passer les caisses et trier les poissons aux écailles d'argent.

Autour des bateaux, les mouettes criaillent : elles attendent avec impatience le menu fretin qui sera rejeté à l'eau.

Le travail terminé, les pêcheurs confient aux deux enfants un oiseau qu'ils ont trouvé en mer.

— Regardez, dit l'un d'eux, c'est un jeune fou de Bassan. Il a le corps couvert de mazout, il va mourir.

Jean-Lou et Sophie ont nettoyé l'oiseau plume après plume.

— Hourra! crie Jean-Lou, le voici tout propre et bien vivant.

— Oui, l'oiseau est propre, mais as-tu remarqué la vilaine tache noire sur ta chemise?

Jean-Lou regarde Sophie :

— Et ta robe! On n'en distingue plus la couleur!

Heureusement, il y a partout des lavoirs en Bretagne.

— Et maintenant, qu'allons-nous faire de notre oiseau? demande Sophie, embarrassée.
— Certainement pas le garder, affirme Jean-Lou. La captivité lui ferait autant de mal que le mazout.

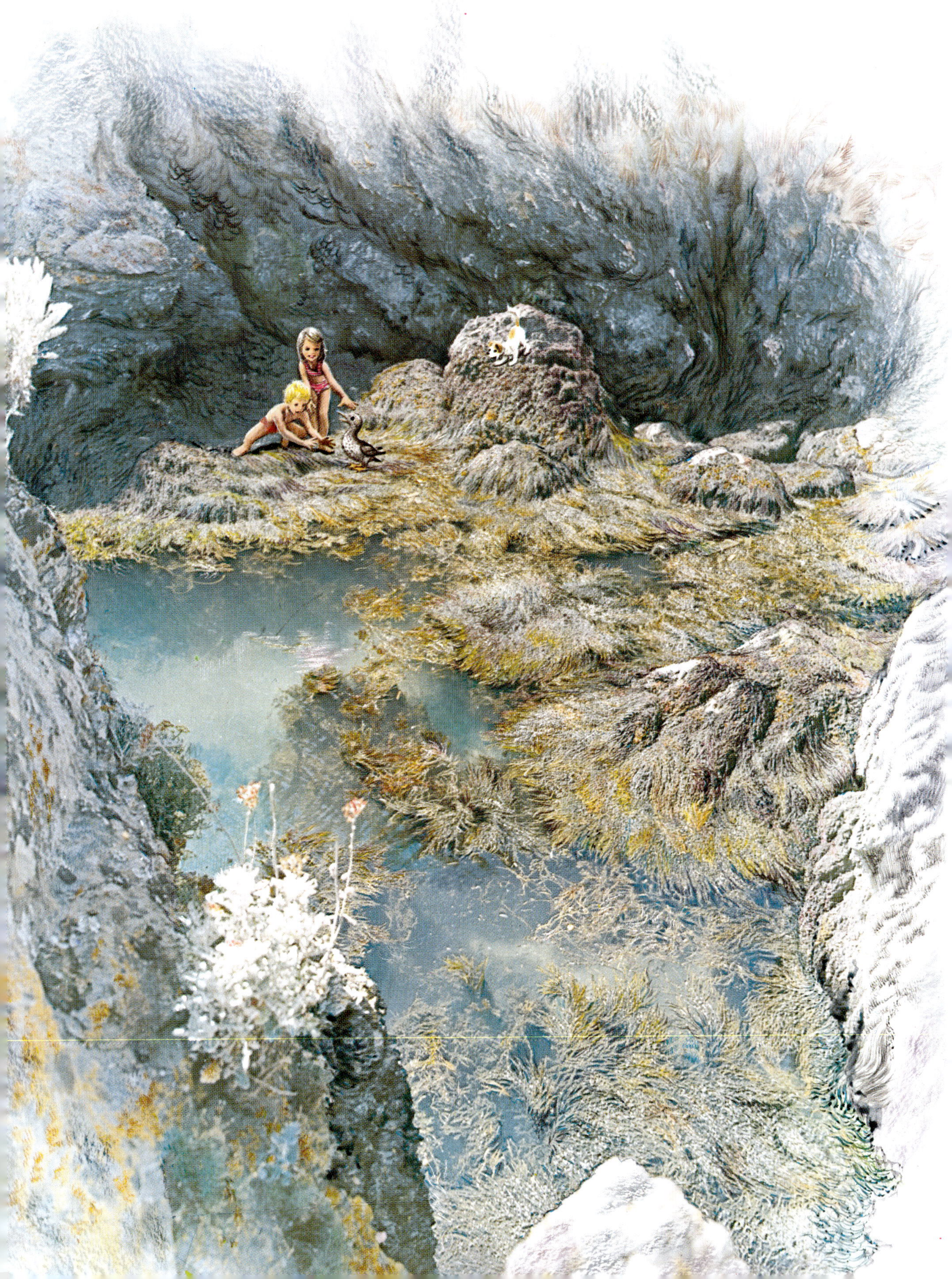

Les enfants ont emmené le jeune oiseau à Belle-Île.

On raconte que cette île serait le diadème de la reine des fées, transformé d'un coup de baguette magique. On dit aussi que les oiseaux y seront toujours heureux.

— D'ailleurs, dit Jean-Lou, la grotte de l'Apothicaire est le refuge des cormorans.

Le jeune fou de Bassan s'est envolé. Il se retourne un instant et semble dire : merci.

jean-lou et sophie

et cœur de paille

MARCEL MARLIER

— Coucou ! C'est moi Cœur de Paille,
pauvre mannequin sans travail,
chante tristement l'épouvantail.

— Cœur de Paille, c'est un joli nom, dit Sophie. Pourquoi es-tu si triste ?

— Je suis tout seul. Je ne sers plus à rien. Les champs restent en friche, se couvrent d'herbes folles. Dans le pré, personne ne vient plus goûter la fraîcheur du soir, ni regarder trembler les étoiles.

Un matin d'automne, Pierre le fermier m'a dit : « Je vais chasser la palombe. »
Et je ne l'ai plus jamais revu.

— Pauvre Cœur de Paille, dit Jean-Lou à Sophie, on ne peut pas le laisser seul avec sa peine. Il faut à tout prix le distraire, lui changer les idées.

— Si on s'installait dans ce vieux tacot ? On ferait semblant qu'il peut encore rouler, qu'il nous emporte tous les trois vers des pays merveilleux.

Jean-Lou se met au volant, Sophie et Cœur de Paille prennent place à l'arrière. Le moteur toussote, pétarade, et comme par enchantement l'auto démarre.

— Elle roule ! Elle roule ! s'exclame Sophie.

— Plus vite, plus vite ! crie Cœur de Paille.
— Nous avons traversé le pré du père Gaspard...
— Et nous voici déjà au coin du bois, le village a disparu.
— Plus vite, encore plus vite ! s'égosille Cœur de Paille grisé par la vitesse.
— Moi j'ai peur, hurle Sophie, ralentis ! Je t'en prie ! Cœur de Paille est trop léger, le vent l'emporte ! Je ne peux plus le retenir ! Trop tard... je lâche !
Jean-Lou freine... freine... La voiture tressaute et zigzague, pour s'arrêter enfin dans un nuage de poussière.

— C'est affreux ! Il est tombé dans la rivière ! Il risque de se noyer !
— Sauvons-le, dit Jean-Lou.

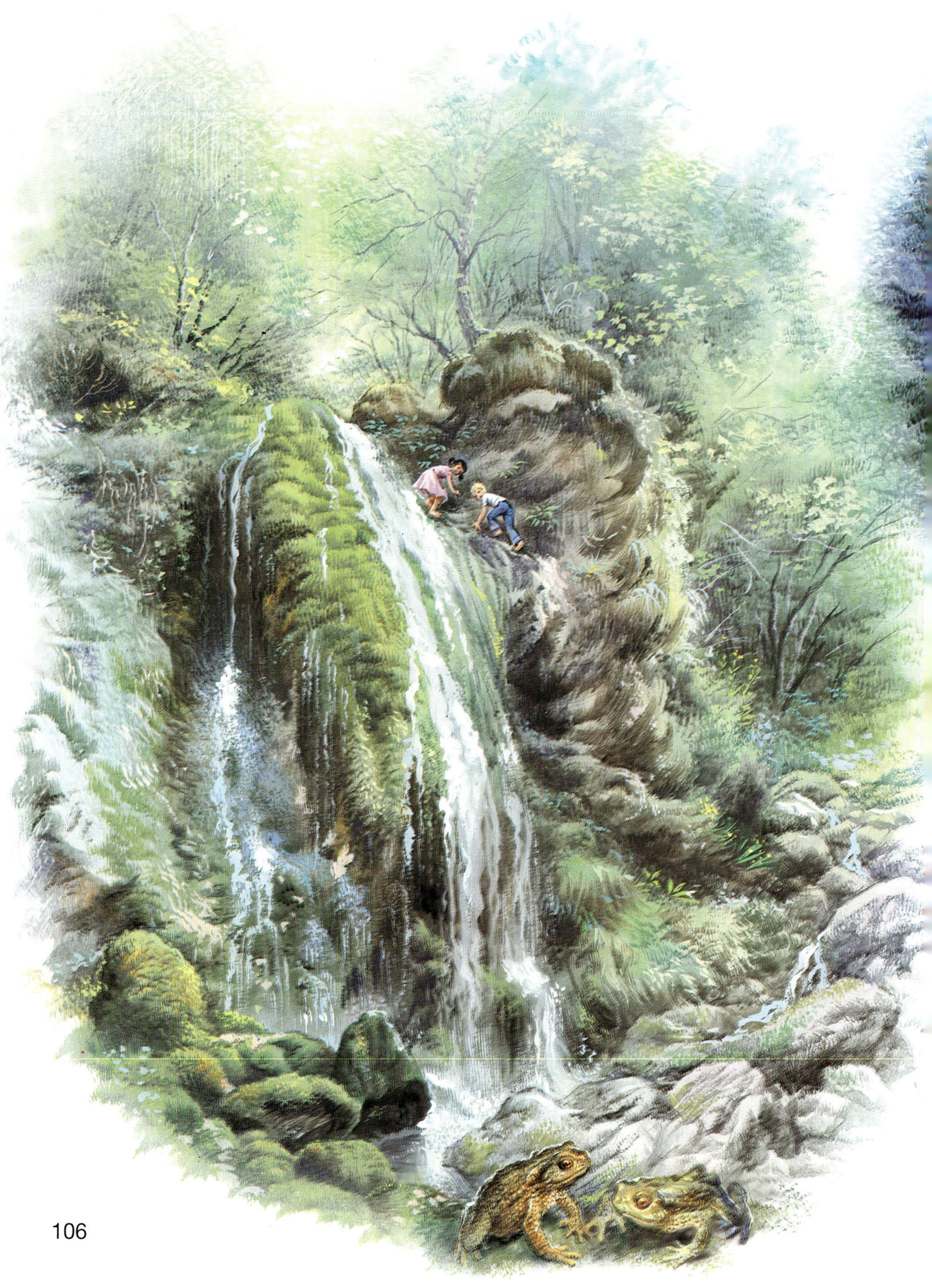

— Allons, Sophie, dépêche-toi !

— Mais oui, j'arrive... Tu vois bien... que je fais... de mon mieux...

Comme un pantin désarticulé, Cœur de Paille est projeté d'une roche à l'autre. Il disparaît, il reparaît dans un tourbillon d'écume. Par chance, il flotte encore.

— Le courant l'entraîne vers nous ! Il faut le saisir au passage !

— On pourrait lui tendre une perche, propose Sophie.

— Pas le temps, le voici déjà.

Jean-Lou, les pieds dans l'eau, agrippe l'épouvantail... et le sauve de justesse.

— Aide-moi ! Il faut le ramener sur la berge.

— Ce qu'il est lourd, il est trempé comme une soupe.

— On ne peut pourtant pas le tordre, dit Sophie, ni le faire sécher sur une corde!

— Asseyons-le sur cette pierre.

— Cœur de Paille, Cœur de Paille, comment te sens-tu? Dis quelque chose!... Il est tout pâle.

— Il s'en tirera avec un bon rhume, dit Jean-Lou.

— Il a quand même perdu son chapeau dans l'aventure.

— T'en fais pas pour ce vieux melon tout cabossé!

— Melon?... Oh, il est resté accroché à une branche. Allons le chercher.

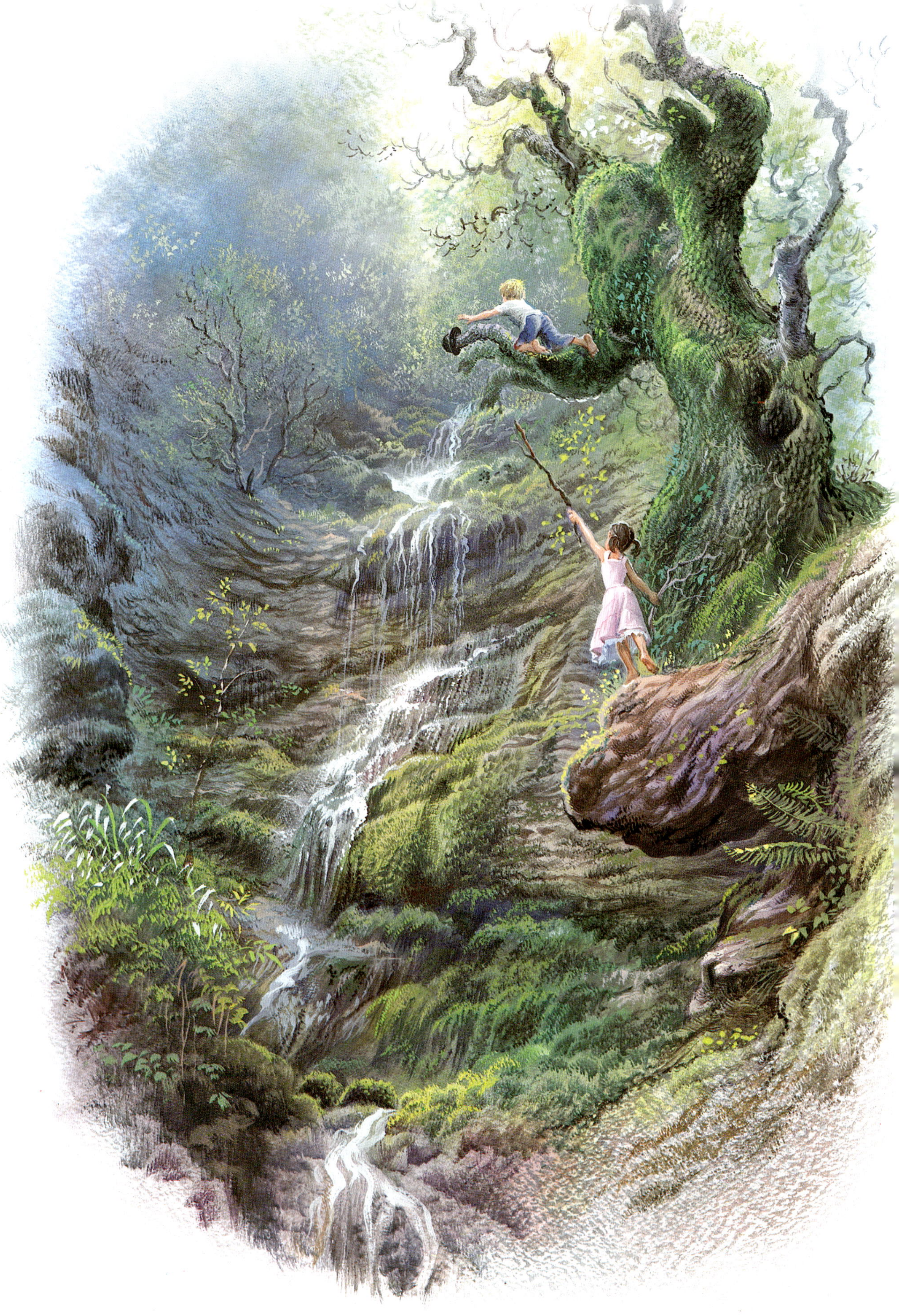

— Tiens, voilà ton chapeau, Cœur de... Mais, où est-il donc passé ?
— C'est pourtant bien ici que nous l'avions laissé.
— Zut alors !... Cœur de Paille a disparu.
— Nous ne l'avons quitté qu'une minute. Il ne peut être bien loin. En suivant la rivière, on devrait le retrouver.
— Cœur de Paille ! Hou-ou ! Hou-ou !
— Chut, j'entends quelque chose... comme une musique... On dirait de l'orgue de Barbarie.

— Ma foi, tu as raison. Et cela vient de cette grotte.
Jean-Lou s'avance alors lentement vers la caverne, entraînant sa sœur.
— J'ai peur! Il fait tout noir! dit Sophie.

Revoici bientôt la lumière. Dans la grotte, des milliers d'étoiles scintillent doucement.

On dirait une ville en fête. Entre les manèges illuminés, des joueurs de boules disputent une partie.

Jean-Lou s'adresse à un des joueurs :

— S'il vous plaît, vous n'auriez pas vu Cœur de Paille, l'épouvantail ?

Sophie reconnaît parmi les spectateurs Pierre, le fermier.

— Monsieur Pierre, avez-vous vu Cœur de Paille ?

Pierre ne répond pas. Personne ne répond. C'est bizarre.

Sur la place, on danse. Parmi les flonflons de la fête, on distingue maintenant une musique militaire. Un défilé s'approche.
Sophie écarquille les yeux. Devant elle, tambour battant, passent vingt, trente Cœur de Paille, tous pareils. Lequel est le vrai ? se demande Sophie.

— Le voilà, je l'ai trouvé ! crie Jean-Lou. Regarde, il galope avec toi sur les chevaux de bois.

— Avec moi ? Mais tu deviens fou ! Je ne peux pas être en même temps ici et sur le manège !

— Oh là là ! Comme c'est compliqué !
— Allons, reprenons les choses par le début :
Nous recherchons un épouvantail.
Signes particuliers :
il est pâle, sa paille est mouillée,
il n'a pas de chapeau.
— Sa paille est mouillée, dis-tu ?
Alors, regarde là-bas qui se sèche aux flammes du méchoui !
Cette fois c'est bien lui ! J'en mettrais ma main au feu !
Heureux, Jean-Lou et Sophie s'élancent vers Cœur de Paille.
— Enfin, te revoilà ! Pourquoi nous avoir quittés sans rien dire ? demande Jean-Lou. C'est pas gentil, nous t'avons cherché partout.
— Ne le gronde pas, dit Sophie. Trempé comme il l'était, il avait grand besoin de se réchauffer. Et ces ballons de toutes les couleurs, Cœur de Paille ? Qui te les a donnés ?
Mais Cœur de Paille, en séchant, devient léger, si léger que petit à petit... il s'élève du sol, et les ballons l'emportent.

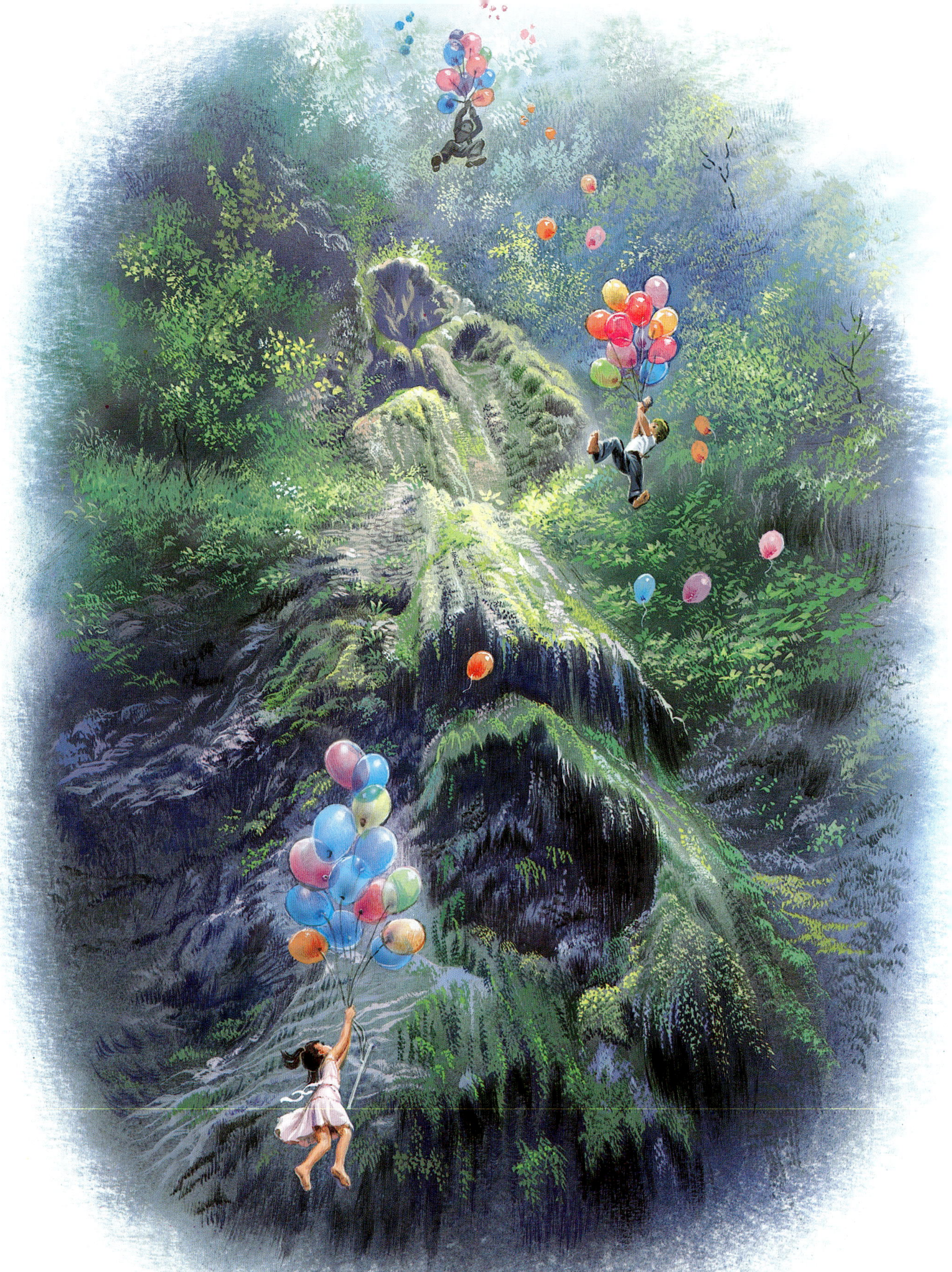

Sophie est toute triste :

— Cette fois, plus question de le rejoindre...

— Mais si ! Faisons comme lui ! Il nous faut des ballons, beaucoup de ballons.

Et les enfants à leur tour s'élèvent dans les airs.

— Sophie, tiens-toi bien, et surtout ne regarde pas en bas. La grotte est déjà loin, j'aperçois le village, nous survolons le pré du père Gaspard.

Pif ! Paf !! Pouf !!! Les ballons éclatent un par un.

— Au secours ! Jean-Lou ! Je tombe ! Haaaa !...

— Je viens de faire un rêve, dit Sophie, bâillant et se frottant les yeux. Un rêve étrange. Nous faisions un voyage avec l'épouvantail.

— L'épouvantail s'appelait Cœur de Paille, continue Jean-Lou. Nous l'avions perdu dans un ravin, où il y avait de la musique.
— Comment le sais-tu ?
— Nous avons fait le même rêve, constatent les enfants.
— Tu ne me croiras pas, dit Sophie, mais j'entends de nouveau cette musique...
Jean-Lou éclate de rire :
— La musique ? Elle monte du village, car ce soir c'est la fête. On a planté un mât de cocagne sur la place et organisé une course en sac. Allons voir, ce sera chouette !

La fête bat son plein. Les pétards claquent de partout. On entend les détonations des carabines, le klaxon des autos tamponneuses, la sirène des grands manèges... et, oui, la musique joyeuse des chevaux de bois.
— Approchez, messieurs, mesdames, approchez !
— Qui veut des beignets ? Goûtez nos nougats, notre barbe à papa !

Un claquement de boules fait sursauter Sophie. Elle se retourne.

— Jean-Lou! Pince-moi, pince-moi très fort! Regarde! Ces joueurs de boules! Ces manèges! On les a déjà vus quelque part!

— Sapristi! dit Jean-Lou, tout recommence.
ON RÊVE ENCORE?

jean-lou et sophie

dans l'île de lumière

MARCEL MARLIER

Loin, très loin là-bas, il y a une grande île toute bordée de sable d'or et de cocotiers. On l'appelle Sri Lanka, ce qui veut dire « Île resplendissante ».

Il fait toujours chaud, été comme hiver. Deux fois l'an il pleut à torrent, le sol desséché s'imprègne d'eau. Alors les gens sont heureux et s'écrient : « Voilà la mousson ! » Tout renaît à la vie.

Jean-Lou et Sophie sont allés visiter ce pays.

Ce matin, ils ont emprunté la passerelle de corde et descendent vers le lagon. Jean-Lou va chercher la pagaie. Sophie s'installe sur la pirogue à balancier. C'est un tronc creusé, rehaussé de planches cousues. Dans les feuilles brillantes du palétuvier, un martin-pêcheur les observe.

Il fait bon ici, au soleil. On entend le chant des oiseaux dans la jungle où fleurit la superbe orchidée.
— Bonjour, bonjour ! crient Jean-Lou et Sophie apercevant des enfants.
— *A yu bowan,* répondent les pêcheurs en joignant les mains et baissant la tête. C'est ainsi qu'on se salue dans ce pays. *A yu bowan,* cela veut dire : « longue vie à vous ».

Sur le bord de la rivière, les cornacs étrillent vigoureusement les éléphants avec les écorces rugueuses des noix de coco.

— Un éléphant, c'est costaud, explique un petit garçon. Il est capable d'arracher, de soulever et de transporter un arbre de mille kilos, comme si c'était une allumette.

Il remplace le tracteur !

Quand il a bien travaillé, on lui donne sa récompense : un bain dans la rivière.

Le cornac le lave, lui fait les pattes, et l'éléphant se rince lui-même à pleine trompe.

Ici, pas de salle de bains, pas de machine à laver. Le soir, les habitants de l'île se baignent tout habillés dans la rivière.

— C'est pratique, ainsi tout est lavé en même temps, dit Sophie. Le petit garçon qui aide les cornacs se nomme Priya, ce qui signifie « Plaisant ». Et c'est vrai qu'il est gentil.

Le petit éléphant lui obéit au doigt et à l'œil. Mais quand il s'agit de sortir du bain, il rechigne.

Priya entraîne les enfants vers le village où sa famille habite une hutte de bambous recouverte de feuilles de palmier tressées.

Il se noue une cordelette autour des chevilles, enlève son sarong, grimpe prestement sur le plus haut cocotier, y décroche la plus belle noix et descend l'offrir à Jean-Lou et Sophie en gage d'amitié.

Priya a apprivoisé une jolie mangouste. Elle vient tout de suite se blottir, comme un bébé, dans les bras de Sophie.

Et aussi, un amusant petit singe. Qui tantôt prend un air grave et digne, tantôt fait des grimaces, des bonds comiques et se met à vous chercher des poux sur la tête.

Dans le village, il y a un arbre étrange qu'on appelle banian. Plus grand que la maison de Sophie. On dit qu'il est très vieux.
Avec des morceaux de bois, Priya se fabrique toutes sortes de jouets. Il sculpte un masque de démon qui, terminé, sera laqué de couleurs vives. Une nuit, quand la lune sera pleine, Priya portera son masque et dans une ronde endiablée dansera autour du feu pour écarter les mauvais esprits.

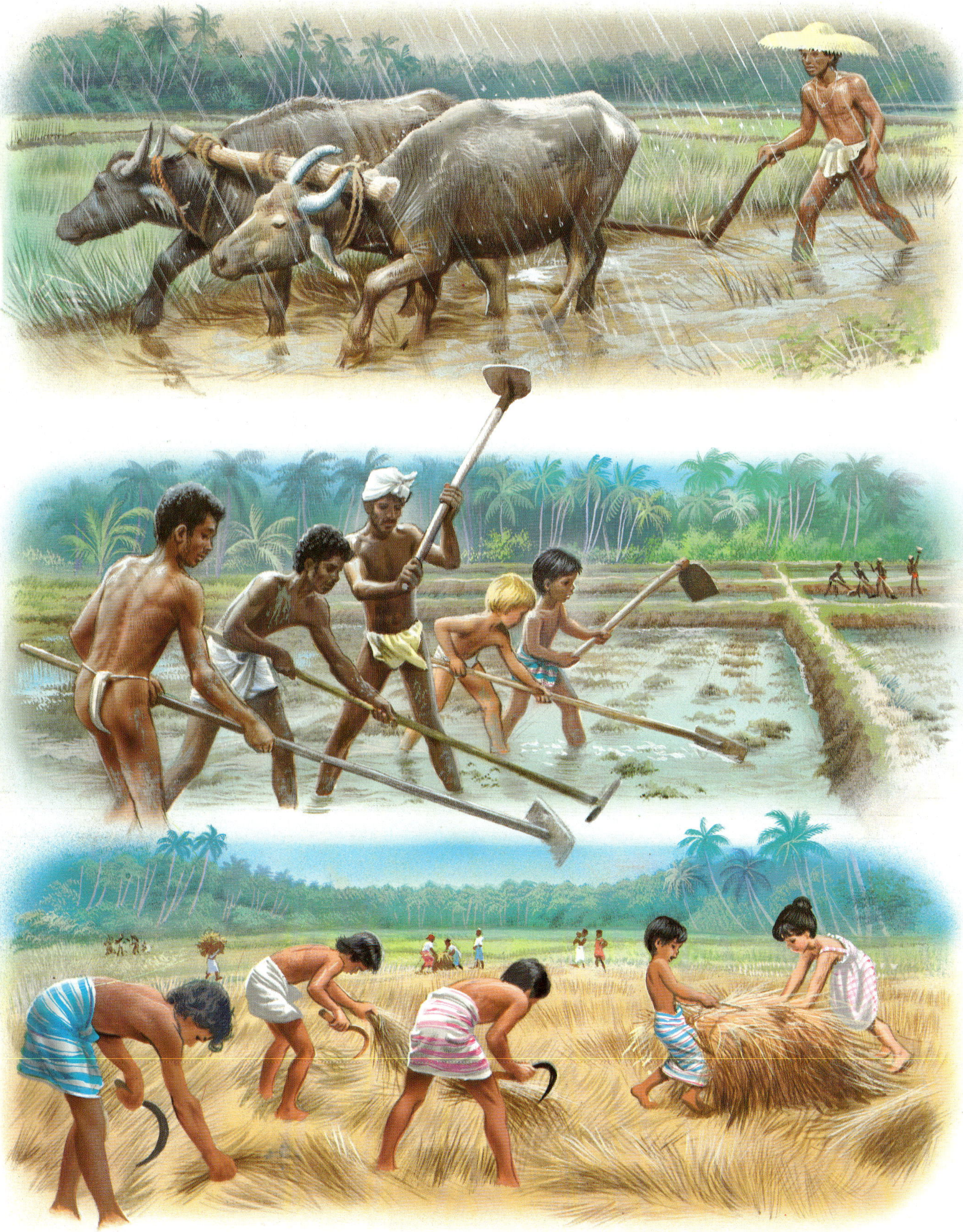

Le papa de Priya travaille dans la rizière inondée, vêtu seulement d'un chiffon tordu entre les jambes. Il est tout gris de boue.

Il harcèle les buffles qui pataugent devant la charrue de bois. Plus loin, d'autres paysans égalisent la terre avec des râteaux plats.

Ensuite, le riz sera semé ou repiqué. Et plus tard, la moisson se fera à la faucille.

Quel bonheur, d'avoir Priya pour ami! Il en connaît des choses!
Ce matin, il a emmené Jean-Lou et Sophie dans les endroits secrets. Et là, en pleine nature, ils ont pu observer :
des hérons argentés,
des pélicans blancs,
des perroquets verts,
des cigognes au cou noir, plus grandes que Sophie...

et un tout petit oiseau jaune : le tisserin baya. Celui-là, on peut dire qu'il connaît son métier sur le bout du bec. Regardez avec quelle adresse il ferme l'entrée de son nid, ne laissant pour seul accès qu'un long couloir. Ainsi, ces voleurs d'œufs que sont les serpents et les singes sont bien attrapés.

A propos de voleurs, en voici un autre, et de taille. C'est un lézard géant, un varan.

Avec son corps couvert d'écailles, sa langue fourchue qui jaillit de sa bouche comme une flamme, le varan a un aspect peu engageant. Pourtant, il n'est pas combatif, et prend la fuite en se dandinant. Abandonnant son butin aux nouveaux arrivés.

L'œuf est près d'éclore, et voyez-vous qui en sort ? Un bébé crocodile.

Quand je vous disais que Priya était un guide épatant !
Avec lui, Jean-Lou et Sophie ont escaladé le Sigiriya, cet énorme rocher planté comme une dent au milieu de la plaine.

Là-haut, il y a très longtemps, un roi fou fit construire un palais somptueux avec terrasses, temples, jardins et piscines. Mais de tout cela il ne reste que des ruines peuplées seulement de quelques lézards, petits monstres nonchalants qui se dorent au soleil.

En bas, le village est en fête.

— Venez vite, venez voir, il est arrivé !

Sophie est fascinée. C'est le charmeur de serpents. Il dépose soigneusement ses flûtes de bambou, ouvre le sac contenant des œufs et des souris mortes, et s'accroupit. L'homme joue de la flûte. Sous le charme de l'étrange mélopée, un serpent qui avait l'air de dormir, lové au fond d'un panier d'osier, glisse, déplie lentement ses anneaux et se dresse majestueusement. Il étale la peau de son cou en forme de cape. C'est un cobra.

La sœur de Priya n'a pas le temps de s'attarder près des charmeurs de serpents.
— Comment t'appelles-tu ? demande Sophie.
— Mon nom est Manel... « Lys de l'eau ».
— Ma sœur est une artiste, dit Priya. Elle dessine avec de la cire chaude sur de la soie.
Une autre jeune fille trempe l'étoffe dans un bain de couleur. Sur le dessin de cire, le colorant ne prend pas. On plonge alors le tissu dans de l'eau bouillante : la cire fond,

le dessin apparaît en blanc. Et on peut recommencer si on le désire, avec une autre couleur.

Aujourd'hui, pas le temps de chômer. Les costumes doivent être prêts pour la fête.

— Bientôt, explique Priya, la lune sera toute ronde dans le ciel. Là-bas dans la montagne, à Kandy, se déroulera la grandiose fête du Pérahera. Des milliers de gens viendront de tous les pays.

— On peut pas manquer ça, dit Jean-Lou. En route vers Kandy !

Priya, Sophie et Jean-Lou ont pris le train. Par la fenêtre ils voient les cueilleuses de thé. Inlassablement, elles coupent d'un coup d'ongle le bourgeon et les deux petites feuilles supérieures de chaque branche d'arbuste, puis les jettent dans la hotte qu'elles portent sur le dos.

Cette nuit à Kandy, la fête éclate.
Le moment le plus attendu est celui de la parade des quatre-vingts éléphants. Ils sont caparaçonnés de velours et d'armures, harnachés d'or et de pierres précieuses.

Le plus vieil éléphant porte le coffret d'or contenant la dent sacrée de Bouddha. Le siège d'or fixé sur son dos est tout scintillant de lumière.

Mais pour Jean-Lou et Sophie, émerveillés, le prince de cette nuit c'est Priya, qui tout en haut de son éléphant rayonne de bonheur.

martine
dans la forêt

GILBERT DELAHAYE - MARCEL MARLIER

Aujourd'hui, la moisson se termine. Martine aide le fermier à engranger la paille. Elle s'assied un instant pour se reposer lorsqu'un petit nez rose, frémissant, attire son attention. C'est un minuscule lapin de garenne, paralysé par la peur. Seule sa tête dépasse de la botte de paille qui l'emprisonne. — Pauvre petit lapin, dit Martine en le libérant. C'est vraiment un miracle ! Comment as-tu pu échapper aux couteaux de la machine ? N'aie plus peur maintenant, je t'emmène à la maison. Je t'appellerai Pinpin.

— Comme il est mignon, dit maman. Mais, j'y pense, il doit avoir faim !
— Je vais chercher un biberon, suggère Martine. Celui de ma poupée fera sûrement l'affaire.
Pinpin grandit rapidement. Martine s'amuse follement avec son nouvel ami. Pinpin ne la quitte plus.

David et Sophie, les petits voisins de Martine, veillent tous les jours au ravitaillement de Pinpin : pissenlits, cosses de pois, épluchures de pommes...
— C'est curieux, le bout de son oreille est bleu, remarque Sophie. Tu aurais dû l'appeler Bleuet !

— Pinpin me paraît bien triste aujourd'hui, observe David.

— C'est vrai, acquiesce Martine. Je commence à m'inquiéter : depuis quelques jours, il a perdu l'appétit, il a le poil terne, ne se lave plus et ne veut plus jouer !

— Je crois qu'il a besoin de grand air, remarque Sophie.

— Ce n'est pas un lapin domestique, c'est un lapin de garenne, renchérit David, il ne supporte pas la captivité. Il faudrait lui rendre la liberté.

— Je sais, dit Martine, mais je ne peux pas le relâcher n'importe où ! Grand-père m'a souvent rappelé que quand on s'occupe d'un animal, on en devient responsable !

Après le déjeuner, Martine prend résolument la direction de la forêt.
A la lisière du bois, un remue-ménage attire son attention :
— Regarde, Pinpin ! C'est la ronde des mésanges ! Chaque année, à cette époque, elles se réunissent en bandes : mésanges charbonnières, mésanges bleues, mésanges nonnettes, mésanges huppées... même les roitelets participent à la ronde !
Ensemble ils ratissent les taillis et se gavent de petits insectes ! N'est-ce pas merveilleux ? Comme tu vas te plaire ici ! Tu vois la vieille barrière au bout du sentier ? C'est là que commence la forêt !

Le geai, ce braillard, qui voit tout, entend tout, aperçoit Martine le premier.
— J'ai vu un chasseur ! Il a l'air féroce : il a déjà capturé un lapin ! clame-t-il à qui veut l'entendre.
La forêt tout entière s'immobilise :
— Cachons-nous ! dit le renard.
— Fuyons ! dit la biche.
— Mais non, ce n'est pas un chasseur, rassure le rouge-gorge. C'est Martine ! Je la connais bien !

146

Elle m'offre toujours de délicieux vers de terre, au printemps, lorsqu'elle bêche le jardin.

— C'est vrai, renchérit la mésange. L'hiver, elle nourrit les animaux, avec du lard et des graines.

Le tintamarre se calme peu à peu.
— Fausse alerte ! jacasse le geai. C'est une amie, n'ayez crainte !

— Suivons le ruisseau, propose Martine. De cette façon, nous ne risquons pas de nous égarer. Attention, ça glisse !
Regarde, Pinpin ! dit Martine au comble de l'excitation. Des empreintes de blaireau : on raconte qu'une nuit un blaireau est descendu au village pour piller toutes les vignes et se gaver de raisins !
Avec sa truffe noire et son gros derrière, le père Martin l'avait pris pour un ours ! Il a eu très peur.
Et là, ces traces dans la vase, je les reconnais ; Grand-père m'a montré les mêmes dans le poulailler l'année dernière ; c'est une belette.
Elle profite de la nuit pour égorger les poulets ! Ne restons pas ici, c'est un animal dangereux pour les petits lapins !

— Quand je songe aux dangers que tu aurais courus si je t'avais laissé ici, j'en ai froid dans le dos !
Éloignons-nous vite, et surtout, ne te retourne pas : un chat sauvage nous observe !

— Peut-être pourrions-nous nous arrêter ici, propose Martine.
A peine a-t-elle prononcé ces mots qu'une harde de sangliers surgit de la souille en poussant des grognements. Martine et Pinpin se précipitent vers le tronc d'arbre qui enjambe la rivière.
— Avance, Pinpin ! Plus vite ! Ils ne nous suivront pas ici !

— Ouf, nous voici de l'autre côté.
— Eh bien, je ne pensais pas qu'il serait si difficile de te relâcher dans la nature, soupire Martine un peu découragée.

Martine et Pinpin observent attentivement une petite flamme rousse : un écureuil, queue troussée, empanachée, grignote un cône. Soudain, l'animal lâche sa pomme de pin et disparaît dans les cimes. Dans le coupe-feu, un groupe de chasseurs progresse. Sans perdre un instant, Martine s'enfuit dans la direction opposée.

Essoufflée, elle débouche dans une clairière où s'ébattent biches et cerfs. C'est la saison des amours. Le grand cerf aux bois puissants, renversant la tête en arrière, brâme aux quatre vents. Autour de lui, les biches frissonnent.
— Sauvez-vous ! Sauvez-vous ! Les chasseurs arrivent ! crie Martine.

En un clin d'œil la harde se disperse et s'évanouit dans la nature.
— Décidément, la forêt est un endroit bien dangereux pour un petit lapin comme toi, observe Martine, qui commence à désespérer de trouver le lieu idéal.
Soudain, un ronronnement lointain lui fait tourner la tête. C'est Julien le bûcheron qui travaille sur la zone d'abattage.
— Si nous allions lui demander conseil ? propose Martine. Il connaît bien la forêt, il pourrait nous indiquer un endroit propice. Allons-y !
— Tiens, mais c'est mon amie Martine ! Que fais-tu donc ici ? demande Julien. Je dois te gronder ! Ce n'est pas bien prudent de te balader ainsi toute seule.

— Je cherche un coin sans danger pour y relâcher mon ami Pinpin, dit Martine qui lui raconte toute l'histoire.

— Je connais un bon endroit, à la corne du bois, dit Julien après réflexion. Grimpe sur le tracteur si tu n'as pas peur. Ma journée est presque terminée, je t'y déposerai en rentrant au village.

En chemin, Julien explique à Martine :
— Ce qu'il faut à ton lapin, c'est une garenne, où il pourra retrouver d'autres lapins.

— Regarde ces terriers ! Et il y a même des mûres ! Tu vas te régaler. C'est l'endroit rêvé, s'émerveille Martine.

Martine a déposé Pinpin sur une souche. Elle lui fait ses dernières recommandations :

— Surtout, sois prudent, Pinpin. Ne t'aventure plus dans la forêt. Évite le grand-duc et le faucon, méfie-toi de l'épervier, de la fouine et du putois, et aussi du renard ! Je reviendrai te voir, c'est promis !

Le soir tombe. Martine doit reprendre le chemin de la maison. Pinpin, immobile, la regarde s'éloigner.
En dépassant Martine à l'orée du bois, à la lisière des champs, Julien lui a fait promettre de rentrer au plus vite à la maison, avant la tombée de la nuit.

Quelques mois plus tard, un matin de décembre, Martine reprend le chemin de la garenne. La nature frissonne sous son manteau de givre. Les bûcherons ont allumé un brasero et plaisantent autour du feu.

Martine poursuit son chemin. Les feuilles gelées craquent sous ses pas.

— Pinpin ! Pinpin ! appelle Martine. Effrayée par ses cris, une ribambelle de lapins se disperse dans la garenne. Martine a cru entrevoir un petit bout d'oreille bleue entre les hautes herbes.

— Il aurait quand même pu me dire bonjour ! pense Martine un peu déçue. Et puis tant pis ! Je ne vais pas pleurer pour un petit lapin de rien du tout !

http://www.casterman.com
D'après les personnages créés par Gilbert Delahaye et Marcel Marlier, © Léaucour Création.
Imprimé par Pollina n° 89280B. Dépôt légal : mars 2004 ; D. 2004/0053/180.
Déposé au ministère de la Justice, Paris (loi n° 49.956 du 16 juillet 1949 sur les publications destinées à la jeunesse).